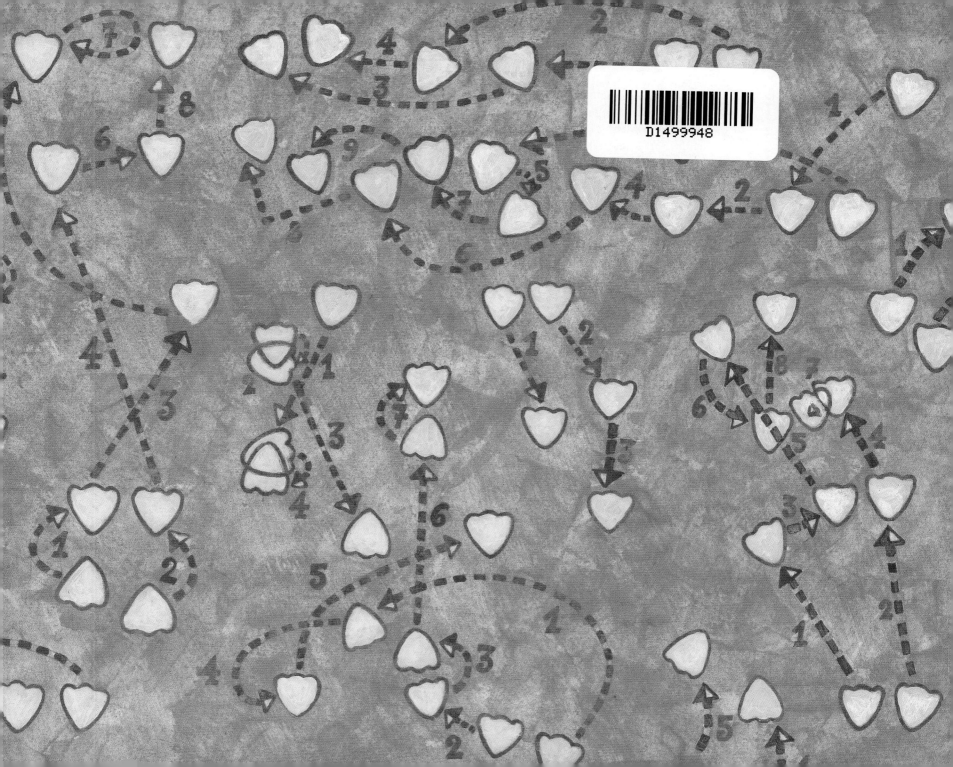

La **oca** que no quería marcar el paso

Jean-François Dumont

Para Florence.
Para todos los que, un día, se negaron o se negarán a marcar el paso.
Mayo de 2007, J.-F. D.

Intermón Oxfam

Hoy en la granja, como todos los días,
el rebaño de ocas baja a la laguna para el baño de la mañana.
Ígor, el jefe del grupo, abre la marcha marcando el paso.

– *Uno, dos; uno, dos; uno, dos.*

Las patas palmeadas golpean el suelo al unísono.
Los traseros se contornean cadenciosamente. Ígor está feliz.
Los demás animales de la granja se detienen para dejarles pasar,
muy atentos a no perturbar el desfile.

Al fin y al cabo, en la granja desde siempre
las ocas han bajado a la laguna desfilando.
Nadie sabe por qué, pero siempre ha sido así.

Rufino, el ratón, dice que debe de ser para darse ánimos, dado que el agua está helada.
Un viejo macho cabrío sostiene que las ocas se comportan así porque, antiguamente,
cuando eran ocas salvajes, hacían largos viajes a los países cálidos.
Ígor sólo dice: «¡La tradición es la tradición!», y desfila orgulloso de sí mismo y de su tropa.

— *Uno, dos; uno, dos; uno, dos* tac; *uno, dos,* tac

Ígor aguza el oído:
-Uno, dos, tac; *uno, dos,* tac

Ígor frunce el ceño:
–¿Cómo que tac? ¿Qué es eso de tac?

Un murmullo de desaprobación recorre la columna.

Uno, dos, ^{tac}*; uno, dos,* ^{tac}*; uno, dos,* ^{tac}*; uno, dos,* ^{tac}

–¡Esto es demasiado!

Ígor, con un gesto, ordena al batallón que se detenga.

–¡Fiiiirmes!
Con la alas bien plegadas, la mirada hosca, recorre la formación.
La pequeña oca, avergonzada, no se atreve ni a mirar.
–¿Eres tú la que está estropeando el desfile, Zita? –gruñe Ígor–.
¿Acabas de llegar y ya estás dando la nota?

Zita querría abrir el pico, decir que no es culpa suya,
que no está acostumbrada, que marcar el paso no sirve para nada,
que le distrajo una vaca que pastaba tan tranquila por el campo, que...
Pero Ígor no tiene piedad:
—Como veo que no pones el más mínimo interés, tú te quedas sin desfilar.
Te esperarás a que nosotras hayamos llegado y bajarás a bañarte después.

Zita, ante la mirada de desaprobación de todas las demás, calla,
da media vuelta y, con la cabeza gacha, retoma el camino que sube a la granja.
A lo lejos oye cómo Ígor vuelve a marcar el paso al rebaño que se aleja:

— *Uno, dos;* uno, *dos;* uno, dos...

Poco después, Zita vuelve a ponerse en camino hacia la laguna.
«La verdad es que soy un desastre de oca», piensa.
«Tampoco es tan difícil marcar el paso;
sólo hay que hacer lo que hacen las demás:
¡Uno, dos; uno, dos; uno, dos!
¡Hasta Anabel, con sus patas tan torpes, sabe desfilar!
¡Uno, dos; uno, dos!»

Los ojos se le llenan de lágrimas.
«Uno, dos; uno, dos.
¿Por qué no soy como las demás?
Uno, dos; uno, dos.
¡Siempre tan obedientes y tan aplicadas!»

Zita adelanta a los dos cerditos de las familias Rosa y Pardo,
que también bajan a bañarse.
–¡Mira, la nueva oca!
«¿Por qué no estará con las demás?», se pregunta Pardusco.
–¡Mira, la nueva oca!
«¿Por qué gimotea así mientras arrastra los pies?», piensa Rosalía.

Pero Zita no se fija en ellos y sigue su camino lamentándose.
–Tampoco parece tan complicado;
¿por qué yo no lo sé hacer?

Plaf, plaf y pataplaf, snif, plaf,

suenan sus patas palmeadas sobre la tierra mojada.
–Ni siquiera soy capaz de andar todo seguido –suspira Zita.

plaf, snif, plaf y pataplaf, snif, plaf,

plaf, snif, plaf y pataplaf, snif, plaf

«Pues mira, ese ritmo no está nada mal», piensa el picoverde, muy atareado haciendo un agujero en un árbol. Y, casi sin darse cuenta, se une con su pico al compás que va marcando Zita:

plaf, snif, plaf toc y snif pataplaf, toc snif, plaf toc

plaf, snif, plaf toc y snif pataplaf, toc snif, plaf toc

El pollito Raimundo está picoteando en la cuneta cuando oye pasar a Zita.
—¡Uah! ¡Qué ritmo! ¡Dan ganas de mover el esqueleto!

Y, casi sin darse cuenta, picoteando en la tierra en busca de una lombriz,
se une al ritmo de la pequeña oca.

cot cot cot **plaf** snif   *cot cot cot* **plaf** toc **y** snif   *cot* **pataplaf,** toc   snif **, plaf** toc   *cot cot cot*   *cot cot cotococ*

cot cot cot **plaf** snif   *cot cot cot* **plaf** toc **y** snif   *cot* **pataplaf,** toc   snif **, plaf** toc   *cot cot cot*   *cot cot cotococ*

–¡Caramba, esa oca sí que sabe meterle marcha a un rumiante!–
comenta el burro y la vaca al ver pasar la comitiva.
Y, casi sin darse cuenta, se unen a ella.

cot cot cot   *cot cot cot*   *cot*   *cot cot cot*   *cot cot cotococ*

plaf, snif   **plaf** toc y   snif   **pataplaf,** toc   snif **, plaf** toc

hiiiihaaaaaaaaaaaa   muuuuuuuuuuuuuuuuu

–¡Qué ritmo tiene esta oca! –dice Diana, la oveja, pastando en la hierba–. ¡Se le van a una los pies..., digo... las pezuñas!

cot cot cot   cot cot cot   cot   cot cot cot   cot cot cotococ

plaf, snif   **plaf** toc **y**   snif   **pataplaf,** toc   snif   **, plaf** toc

hiiiihaaaaaaaaaaaa   **muuuuuuuuuuuuuuuuu**

beeeee beeeeee   beeeee beeeeee   beeeee beeeeee

Cuando la pequeña oca llega a la laguna, ante los ojos de Ígor pasa el desfile más asombroso que se haya visto jamás.
El pavo gluglutea, el cordero bala, el caballo relincha, la rana croa…
Todos los animales, al unísono, van marcando un increíble ritmo que contagia a todo el que lo escucha.

Desde aquel día se acabaron los desfiles a paso de marcha.
Ígor continúa marcando el paso: **«¡Uno, dos; uno, dos!»**,
pero ya nadie le sigue.
Todos esperan, impacientes, a que Zita emprenda su camino hacia la laguna...

Colección: Sueños
Dirección de la colección: Cristina Concellón
Coordinación de la producción: Elisa Sarsanedas
Colección coordinada por TresBrujas

Título original: *La petite oie qui ne voulait pas marcher au pas,* 2008
© Père Castor Editions Flammarion, 2010
© texto e ilustraciones: Jean-François Dumont, 2008
© traducción: Miguel Ángel Mendo, 2010
© de esta edición: Intermón Oxfam, 2010
www.IntermonOxfam.org

1ª edición: octubre 2010
ISBN: 978-84-8452-683-4

Impreso en Singapur

Impreso en papel ecológico.

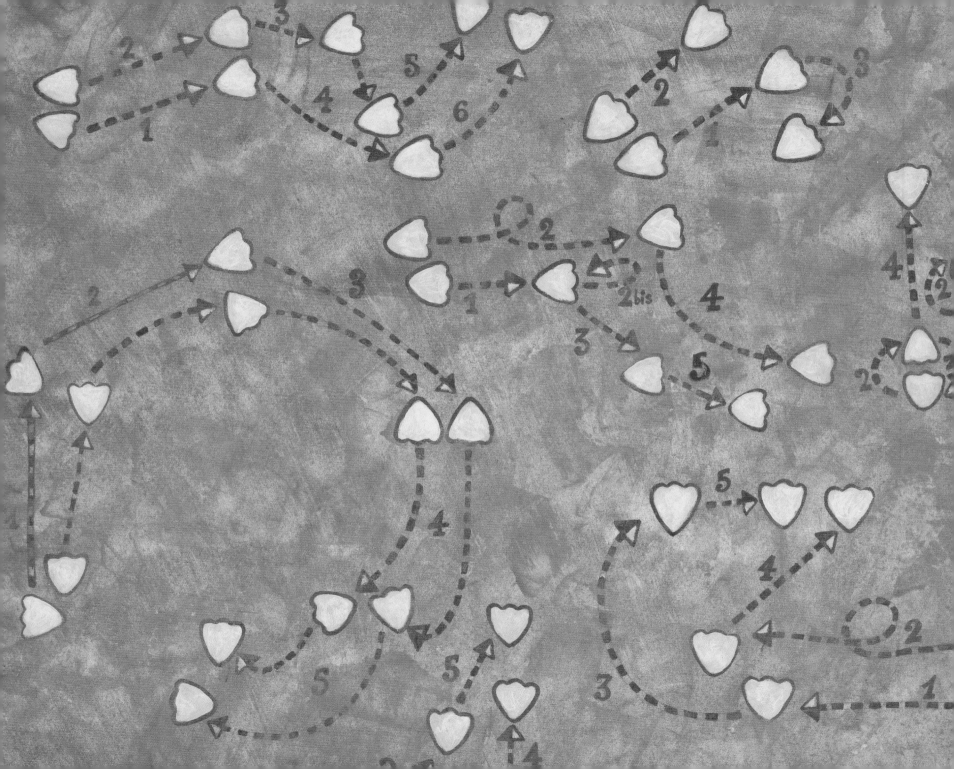